오선 위를 걷다

이민숙 제2시집

삶을 연주하는 시인 이민숙

이민숙 시인의 詩作을 정독해보면 음수율을 기초로 한 빈틈없는 구성의 긴축미를 가지고 눈에 의해 감각되는 색채, 모양, 움직임 등을 나타내는 심상이 기승전결의 형식을 갖춘 전개를 보여 주는 시 한 편을 감상한다는 것은 행복한 일이며, 읽는 사람의 삶까지도 바꿀 수 있는 일이다. 시인이 많은 작품을 발표했다고 해서 다 좋을 수는 없다. 그 작품 중에서 가장 많은 독자의 공감대를 이끌어 낸 작품은 명작이 되고 긴 수명을 가질 수 있을 것이다. 그러기 위해서는 시인은 더 많은 작품을 짓고 발표해야 한다. 이민숙 시인이 바로 현대 시문학을 연결해주는 시인이다.

이민숙 시인의 작품을 보면, 인간의 삶에서 주는 무게와 그 무게가 주는 즐거움 그리고 사랑이라는 배경으로 회고적 연민의식을 나타내는가 하면, 인간의 내면에서 꿈틀거리고 있는 애달픔과 덧없음의 세계를 이민숙 시인만의 특유의 전개로 만들어 가고 있다. 주관적이지 않으면서 객관적이지도 않은 그러면서 시인의 마음을 훔쳐볼 수 있는 재미가 있는 시집이다. 詩 한 편을 쓰기 위해서 음표를 그리듯 긴장감과 편안함이 공존하도록 악보를 그리고 그사이에 한 자, 한 행, 또 한 연을 만들어 한 편의 완성작을 만들어 간다는 이민숙 시인의 작품세계를 엿볼 수 있다.

이민숙 시인의 제2집 "오선 위를 걷다" 제호에서 시인의 심상을 엿볼 수 있듯 감각적이고 따스한 봄 햇살 같은 그러면서도 한 음 또 한 편의 시가 주는 감동을 감상할 수 있어 기쁜 마음이다. 실타래 같은 현대사회에서 역설적으로 풀어도 풀어도 얽히고설킨 인생을 詩心으로 풀어내는 시인의 자화상을 2 시집으로 감상할 기회가 되어 기쁜 마음으로 "오선 위를 걷다"를 추천한다.

(사)창작문학예술인협의회 **이사장 김락호**

시인의 말

까슬하게 말라가는 가슴에
잔잔한 글 꽃을 피워 보고
푸석해지는 마음 자락에
별빛을 담아 보았습니다

바람 햇살 하늘 바다 들녘
어느 것 하나 비껴가지 않고
가슴을 파고들면 서성이던 마음 다잡고
때론 쿵쿵 뛰는 심장으로
글을 적어보았습니다

쓸쓸하고 적막하여 텅 빈 가슴이 어둑해지는 날이면
혜성처럼 달려와 몸을 태워 소망을 밝히는 촛불처럼
나의 글은 내 삶의 버팀목이 되어 주었습니다

쓸모없이 지나쳐 버리는
시간을 주워들고 시어로 채우고
까닭 없이 잠 못 드는 밤이면
하얀 머릿속에서 구르는 시구는
더는 혼자 두지 않았습니다

외롭고 헛헛만 마음 밭에
촘촘히 뿌린 꽃씨들이
시구로 발아하여 싹을 틔우는 날이면
글은 외롭지 않게 늘 곁에
있어 주었습니다

출간 제2집을 선보이게 되었지만
흡족하지 못한 활자들 같아
작아지는 마음으로 인사 놓습니다

시인 **이민숙**

#새벽바람 : 삶

#높새바람 : 고통, 고집, 의지

#마파람 남풍 : 고뇌, 기다림

#샛바람: 사랑, 그리움

#명지바람 : 희망, 포용

QR 코드

스마트폰으로 QR 코드를 스캔하면
시낭송을 감상할 수 있습니다.

제목 : 오선 위를 걷다
시낭송 : 박영애

제목 : 다시 사랑해야 되지 않을까
시낭송 : 박영애

제목 : 풀꽃
시낭송 : 박영애

제목 : 내 마음의 연못에 탓하지 않는 꽃을 피우리
시낭송 : 박영애

제목 : 멀어지는 가을
시낭송 : 박영애

제목 : 띵 동 소리
시낭송 : 박영애

시인은 자연을 이야기하고
시낭송가는 자연을 품었다.
글자는 날개를 달아 언어로 날고
소리는 자연에 눕는다

눈꽃사랑

이민숙 작시
이종록 작곡

= 80 - 87
mp
rit.

mp
날 개 없 는 그 리 움 이 — 눈 꽃 되 어 내 리 네 — — 꼬 — 리 를
회 — 색 빛 하 — 늘 에 — 술 렁 술 렁 날 아 다 니 는 그 대 얼 굴
a tempo

감 — 추 는 그 — 대 는 — 얼 — 마 나 더 — 내 리 고 내 려 야 하 얀
소 복 소 복 그 대 모 습 — 하 염 없 이 내 리 는 사 랑 이 — 여 나 빌

13
mf
1.
2.
꽃 송 이 로 피 어 나 고 — 피 어 날 까 는 그 대 생—
레 라 나 빌 레 라 더 없 이 맑 아 지___
17
mp
각 끝 없 이 보 고 싶 은 그 대 얼 굴 — 나 폴 나 폴 하 얀 나 비 되 — 어
21
mf
f
사 방 으 로 퍼 져 — 퍼 져 가 네 — 순 백 의 내 사 랑 이 여
25
그 리 운 내 — 사 랑 이— 여

#새벽바람 : 삶

띵 동 소리

너희 엄마 믿다가 굶어 죽겠다
띵 동 택배다 띵띵 동 택배다
냉동 냉장실에 빈틈이 없다

생태 사골 육개장, 국 선생
참치 꽁치 골뱅이, 캔 선생
깍두기 갓 배추, 김치 샘
막걸리 맥주 소주, 주 선생
과일 견과류 오징어 쥐포, 포 선생

이쯤 되면
바쁜 엄마를 용서해도 될 텐데
어찌 집안은 아들 둘과 남편
세 남자가 같은 편 나는 왕따다

주부의 특권 음식으로
협박하던 시절도 있었는데
띵 동 소리는 세상을 바꾸어 놓았다

대한의 아들이 결혼할 이유가 없다는 소리
우리 집 밥상 받는소리 띵 동

제목 : 띵 동 소리
시낭송 : 박영애
스마트폰으로 QR 코드를 스캔하면
시낭송을 감상할 수 있습니다.

- 2018 명시선(책나라) 수록

마지막 잎새

사라지는 핏기와
점점 야위어가는 마음은
오르내리는 미열에 콜록거린다

어떻게 살아왔는지
돌아보는 뒤안길 아득한데
최선을 다해 살았다고
쓰고 싶은데 최고는 아니었다

그래서인지 미련이 남아
떠날 수 없다며
뿌리를 놓지 못한다

우듬지 붙잡은 마지막 생명 끈
탯줄 자르지 못해 애달아도
세월의 바람은 멈추지 않는다

어떻게 살았어도
아쉬움은 남겠지만
보듬고 살았다면
최고가 아니어도 된 것이다

김장

풋풋한 것도 좋지만
자존심만 가득한 시퍼런 너를
사랑의 손으로 얼려고 달랜다

소금으로 뻣뻣한 너의 기운을 빼고
깨소금과 설탕을 뿌려 깨달음으로
고소하고 달콤한 맛을 낸다

지혜의 깊은 맛 액젓으로
진한 진국의 맛을 내고
톡 쏘는 마늘은 항균으로
빨간 고춧가루는 뜨거운 사랑으로

서로서로 버무리니
처음에는 어설퍼 따로 놀더니
어느새 달라붙어 없으면 안될 맛이 되었다

잘난 맛도 못난 맛도 아닌
서로 정답게 익어가니
인생사 최고의 맛은 함께 살아가는 김치가 아닐까

금빛 길 위에서

밤사이 무슨 일이 있었나요
지축이 마구 흔들려 궤도를 이탈하는
지구별의 외출이 있었나 봅니다

발이 푹푹 빠지는 금빛 땅에 서서
노란 향을 담뿍 마시며 노랗게 물들어봅니다

굴참나무 떡갈나무 은행잎 아카시아
금빛 솔가지 조막손 단풍까지

온 밤 지새도록 바람 앞에 흔들려
더는 견딜 수 없어 여지없이
툭툭 낙화했을 저 붉은 마음

잎새는 알겠지요
바탕이 되어 준 아버지의 하늘
바닥이 되어준 어머니의 땅
그렇게 계절을 보내고 맞이하는

그러니 인생사 견딜 수 없어
낙엽처럼 떨어진다 해도 겁내지 말아요
바닥이라 여긴 땅은 또다시 생명이 돋아요

가을 들판

코스모스 아가씨
"가을이다" 하고 발그레한 얼굴로 깃발 펄럭이니
고추잠자리 총각 얼마나 급했으면 비행기 타고 숭숭 날아왔네

어쩜 저리도 좋을까 살랑살랑 고개 흔드는 살살이 꽃
갈지자로 뱅글뱅글 돌고 있는 고추잠자리
얼굴이 빨개지도록 날갯짓하며 애교를 부린다

허수아비 아저씨 농부의 막걸리 한 잔 훔쳐 먹고
흥건히 취해 흘러내리는 바지를 움켜쥐고
부러워도 너무 부러운지 입까지 벌리고 서 있다

폴짝폴짝 뛰는 메뚜기 아줌마
허수아비 발등에 간지럼을 태우며
부러워 마라고 옆구리 찔러댄다

콩대 꺾던 농부 아저씨가 고수레하고 뿌린 막걸리에
개미 떼 메뚜기떼 줄줄이 줄을 서고
들판은 가을빛으로 붉게 취한다

농부 아저씨 막걸리 두 잔에 콩대 위에 드러누워
참새도 메뚜기도 뒷전이고 드르렁드르렁 코를 곤다
해맑은 가을 하늘도 노을빛으로 익어간다

매듭

사노라면 살아가노라면
새로운 시작점 앞에서
굳이 매듭을 지어 선을 긋는 일은
미련을 봉인하고 지문을 찍는 것이다

단락을 나누어 묶어 주는 세월의 끈은
섞이지 않는 정갈함이 있고
정직한 시간 앞에서
새로운 결정을 짓게 한다

매듭을 굳이 짓지 말아야 할 때도 있지만
끈을 묶는 것은 어수선하게 흩어지는 생각을
잘 정돈 하여 서랍에 넣는 일이다

매듭을 잘 짓는 일은
매듭을 잘 풀어가며 사는 일 같이
때때로 생각의 길을 닫고 여는
내면의 나와 다짐하는 언약이다.

중년의 고백

시들어 버린 가슴이 어디 있으랴
어디든 날아가 까슬한 바람이 되고 싶고
무엇이든 젖어 오면 촉촉한 비가 되고 싶지

흔들리지 않을 중년이 어디 있으랴
문득 자란 아이들 휙휙 지나는 세상사
지푸라기라도 잡고 싶은 세월이 아니던가

꿈을 접은 중년이 어디 있으랴
가보지 못한 길 이루어 보고 싶은 삶에
매달리고 싶지 않던가

꽃피우고 싶지 않은 가슴이 어디 있으랴
아직은 청춘이 되고 싶고
아직은 꽃잎이 되고 싶지

잔잔한 힘 은은한 향 포기할 수 없어
한잔 술에 하소연하는
중년의 고백을 들어보라

쏠비치 앞바다

은빛 파도에 실린
회귀하는 만선의 뱃고동 소리
바다를 낚아 올린 어부의 함성

여름을 삼켜버린 해변 하얀 모래밭에 남긴
무수한 발자국 누가 왔다 갔을까
무슨 사연 떨구었기에
저리도 쉼 없이 파도는 철썩거리며
여름 얘기를 하고 있을까

어쩌면 우리는 지구본의 작은 점 깨알 같은 존재인데
우주에 떠도는 걱정덩어리
모두 끌어안고 있지는 않았나
꺼내고 꺼내서 하얀 파도에 올려놓으라 하네

더없이 맑은 청옥빛 마음에
저 바다는 노래를 하라 하고
양떼구름은 춤추라 하네

넓어지는 마음은 하늘을 닮으라 하고
깊어지는 생각은 바라를 보라 하네
하늘과 바다는 대자연을 닮으라 하네

세월의 숲

안 빈 자족의 마음으로
이슬 바심 숲을 따라 오르면

소록소록 쌓여 있는 아린 그리움이
풀잎마다 알알이 맺혀 있어
날 짐승도 숨죽여 우짖는다

아미 새의 굳은 투지도
애증과 애환에 묻혀 퍼득이다
겸허하게 날개를 접는다

희구를 접어 묵언수행으로
숲 길을 가없이 오르고 오르자면
푸르게 푸르게 젖어 있는 숲은

바른 마음으로 차분히 위로하고
평온으로 손잡아 주니 착한 숲은
초록의 세월을 덫 입힌다

배롱나무

가마솥 불볕더위에도 끄떡없이
백일을 피고 지는 다홍빛 순정
어떤 뜨거움도 거뜬히 감당하는
사랑의 힘 분홍빛 마음 곱게 피었구나

축축 처지는 온누리에
울 밑에 봉선화, 담쟁이 능소화,
동고동락 이웃 삼아 외롭지 않구나

무더운 여름이 길다며 하늘을 보고
신을 나무라며 원망하던 나는
한결같이 고운 배롱에 숙연해지는구나

줄기마다 갈라지며 일어난 각질에
스크래치 된 흔적이 아픔일 텐데
사랑스러운 모습은 세월을 비켜 갔구나

배롱은 변함없이 그대로인데
어쩌자고 나는 이렇게 누추해지고 까칠해지는지
세월 탓만 하던 나는 배롱의 예쁜 마음 닮고 싶구나

시간

누구에게나 평등하게
세상을 등지고 떠나는 너
흐르는 강물이고 스치는 바람이며
날아가는 화살이었다

어제 했던 말과 행동을 불러 세워
내 발 앞에 서 있게 하고
오늘은 내 등에 업혀 내일로 넘어 간다

어제가 낳아준 오늘도 내 것이며
새로운 내일을 말없이 받을 것도 내 것이다

딸깍 초침 소리
너를 제대로 알기까지는
찔림과 아픔이 있었고
감사와 노래가 한없이 있었다

한순간도 네 곁을 떠나
살 수 없으니 공기와 같은 너는
언제나 나를 지켜보고 있다

반환점을 돌고 있는 시계

째깍째깍 태엽 감기는 소리
내 인생의 시계는
한 치의 어긋남도 없이
여름 끝자락으로 향한다

시계는 시간을 기준으로
게으름을 깨워 놓고
푸릇한 봄날을 지나는가 했더니
발밤발밤 뜨거운 심장 여름에 닿았다

분침이 올려놓은 하루는
날짜를 착착 지워가며 열리고 닫혀
그 속에 흔적을 남기며 돌탑을 쌓는다
흔적과 돌탑 어디쯤에 향기로운 날들

찰나를 지나는 초침을
나침판에 올려놓고
지도에도 없는 인생길 발 등을 살피며
이젠, 반환점을 돌아
중년의 나이테를 또렷하게 그려 간다

이곳이 내 자리다

아득히 보이는 잔디는
초록 주단을 깔아 놓아
푹신하고 포근한 양탄자다

가도 가도 멀어지는 잔디는
멀리서 보았던 것과 다르게
기까이 갈수록 누추하다

바로 앞에 잡힐듯한 무지개가
언덕 위에서 멀어지듯 환상은 쫓지 말자
인간사도 멀리 있어 고운 것만 보여도
가까워지면 별반 다른 것이 없다

조금 갑갑하고 새롭지 않아도
내가 서 있는 이곳이 내 자리다
닿지 않아 곱게 보이는 그곳은
보는 것으로 예쁘게 담아 놓자

조금은 누추하지만
그래도 이곳이 내 자리다

정원

뾰쪽하게 올라온 줄기
싹둑싹둑 자르고
옆으로 뻗히는 잎새도 말끔히 손질한다

무리에서 고개 내밀어
잘난체하거나 튀지 말며
바르게 앞을 보라는 손질이다

뿌리 깊은 나무 푸른 잎새는
내리쬐는 태양을 견디지 못하고
우수수 떨어져 버려도

우듬지에 남은 파릇한 잎새는
뿌리를 지켜내는 아버지 같아
작대를 받쳐 놓고 보살핀다

돌 틈 사이사이 한줌 흙에
기어이 뿌리내리고 곱게도 핀
꽃 송이가 더없이 예쁜 것은

척박한 땅에도 굴하지 않고
강인하게 꽃을 피워내는
어머니를 닮았기 때문이다

도둑맞은 세월

중장년을 넘기면
가슴도 마음도 늙는 줄 알았다

좋아하는 것 갖고 싶은 것
모두 내려놓고 포기하고
꿈도 희망도 없이 사는 줄 알았다

멋 부릴 줄도 모른다고 생각했다
한껏 멋을 부려도 남루한 형세는
도둑맞은 세월 탓일까

어린 시절 나는 어른이 되어도
비루하지 않을 거라 다짐했었다

겉모습은 중년의 고배를 마실지라도
가슴도 마음도 전혀 비켜설 심산이 아닌 것은
저만치 달아난 세월은 억울하고
심장은 아직도 뜨겁기 때문일까

냉난방기

벽체에 버티고 서 있는
저 박스는
두 모습을 가지고 있다

한없이 더운 날
뜨거운 열기를 씻어 내리며
펄펄 끓는 갈증을 잠재우고

더없이 추운 날
시린 몸을 녹여주는
따뜻하고 포근한 온풍은
한기를 사락사락 털어 낸다

같은 몸 너무나 다른 두 마음
싸늘함과 포근함
양면성은 사물에도 있듯
때론 우리의 모습에도 있다
하여, 마음 길은 고요하게 들여다볼 일이다

소실점

영혼이 가난하여 야위어 가는 시선으로
풍경을 따라 천천히 걷노라면
언덕배기 들꽃은 올망졸망
일가를 이루고 초연히 나부낀다

별빛이 내려 앉았을까
소곤대는 들꽃에 눈길이 머물면
바람의 장난을 순하게 받아들인 들꽃은
이마에 흐르는 땀방울 훔치고 앙증맞게 애교를 부린다

머릿속이 텅 비어 생각도 어둠에 갇힌 날이면
심신을 깨우는 들꽃의 교태에
애써 내려놓던 무거운 짐 덩어리

잘못 들어선 길을 얼마나 깊이 걸어가야
돌아설 수 있을지 그대도 나도 누구도 모른다
기어이 옷자락에 흙탕물이 번지고
더는 견디기 어려워 절벽 같은 철벽에 부딪혀야
돌아서는 인생길

이슬 내려 춥다지만 햇볕 내려 덥다지만
그 자리에서 피었다 지는 들꽃이야
태풍의 마음을 알 수 있을까
종내는 동심원을 그리고 그리다
소실점을 따라 너도 나도 가고 있다

동행(너와 나)

운명 같은 흑백의 88 건반
긴 여정 멈출 수 없었던
나의 마음 너의 소리는 삶의 터전을 허락받았지

희로애락을 노래하던 너는
티끌만큼의 틈도 미세한 실수에도
엉키고 꼬여 와르르 무너지며
냉정하게 돌아앉아 쩔쩔매게 하지

오롯한 열정과 혼을 담아
애끓는 마음을 빈틈없이 다할 때
비로소 감동의 선율을 담아내는 너는

한 치의 거짓과 오만을 용서치 않아
눈물과 웃음으로 함께한 손때 묻은 체취는
둘만의 박제된 향으로 퍼졌지

고뇌와 박수갈채 짧은 연주로 이별할 때도
무언의 만남을 알고 있었기에
지친 나를 마법처럼 일으켜 세워
삶의 길 위에 올려놓고 담금질하는
나와 동행 너의 이름 피아노!

#높새바람 : 고통, 고집, 의지

황진이 문학상을 받으며

잿빛 나락으로 조금씩
떨어져 내리는 암울한 그림자
신의 묘수는 누구도 알 수 없듯
깊은 협곡으로 가라앉을 쯤
무지개 사다리가 빛으로 내려온다

눈앞이 캄캄하고
어눌해지는 마음 자락
골방에 갇혀 숨소리도 낮추고
고개를 푹 숙이고 있을 때쯤
파란 하늘에서 날아든
맑은 음표 하나

회색빛 구름 뒤로
흰 구름 두둥실 내 품에 안기고
소나기 지난 자리
맑은 햇살 토닥인다.

밀어 오르는 해님

어젯밤 서산 너머 멀어진 해님
그렇게도 길게 내 등을 비추어
따스하게 살게 하더니
석양에 뒤척이지 말라 한다

깊은 잠 푹 자고 나면
어제 떠난 해님 잊으라고
오늘 오신 해님 저렇게 웃는다

붙잡으려 붙잡아보려 애를 써도
앞으로만 가는 시계추를
거꾸로도 멈추게도 할 수 없는 세월이

애원할 짬도, 잊힐 시간도 없이
밀어 오르는 저 해님
흙빛 어제는 땅에다 묻고
밝은 오늘을 환하게 풀어 놓았다

악수

잘생긴 남자 넉넉한 남자
두 남자의 악수에
열화가 같은 박수 소리는
그 무엇도 헤쳐나갈 무쇠 같은 울림이다

사람인이라서
버팀목이 된 두 남자
등을 기대고 비스듬히 서 있다

서로 사랑한다
불꽃 튀는 개척자의 정신은
사사로운 감정을 들출 수 없다.

시대를 이끌어 갈 악수
내 생각 내 마음 내 행복이 없다
더 많은 행복을 챙기고
더 많은 마음을 나누어야 하기에
나를 포기한 대가는 모두에게
고루고루 나누어 더 큰 힘을 얻는다

맞잡은 손
악수는 그런 것이다

갯바위 사랑

달려오는 파도가 여지없이 할퀴어도
꿈쩍 않는 저 평정심
그러기에 바다가 곁에 있는 걸까

하얀 물거품으로 다그쳐도
순백의 마음으로 돌려보내는
하늘 아래 저 의연함
그러기에 바다도 좋아했을까

그 많은 물을 먹어도
모래알 하나 허락하지 않는
빈틈없는 저 단단함
그러기에 바다가 의지하는 걸까

웃는 파도 성난 파도
천년을 흔들어도 넉넉히 잠 재우고
침묵하는 그 자리

보아라
갯바위와 저 바다의 천년 사랑을 …

다시 사랑해야 되지 않을까

별 무리가 허무로 내려앉아
가슴을 쓸어내린 날들
부질없는 상념에
긴 시간은 무엇을 남기고 어디로 갔을까

온몸 구석구석 둔한 흔적
귀가 닫혀 듣지 못한 이유요
군살 낀 혜안으로
바르게 보지 못한 이유요
마음의 각질이 이끼 된 이유다

녹이 슬고 빛을 잃은 생각을 고집한 탓이요
가시 돋은 말, 빈말과 참 말을
제대로 새겨듣지 못한 이유요

돌다리를 두드리듯
오고 가는 길, 들고 나는 길을
단단히 살피지 못한 이유다

군살 낀 혜안도 각질 낀 마음도
고장 난 시계 위를 걷던 우매함이라도
눈 흘기는 마음 다독이고 보듬어
다시 사랑해야 되지 않을까

제목 : 다시 사랑해야 되지 않을까
시낭송 : 박영애
스마트폰으로 QR 코드를 스캔하면
시낭송을 감상할 수 있습니다.

돌아 가는 길

마른 가지에 움 튀우고
마른 땅에 새싹 돋아
파릇파릇 걸어 왔던 길
때가 되어 돌아가는 가는 소리

실솔 실솔 찌르르 찌르
풀벌레 소리 어긋나는 박자에도
아랑곳 하지 않고 밤낮으로
씨줄 날줄 엮어 가는 색실은
온누리에 가을을 짜고 있다

가을빛 색실은
그림자도 놓치지 않고
한올한올 물들어 가며
치마 저고리 곱게 지어 입히고
왔던 길로 돌아갈 채비를 한다

추풍 낙엽은
앙상한 가지만 남길 것이고
물오름은 물내림으로 한 방울씩 말라가고
들꽃도 푸석하게 돌아 누우면
질펀 했던 놀이 마당도 막을 내리고
양서류 같이 쉼터를 찾아 집으로 간다

어떤 여름

누구도 낮은 온도를 가질 수 없어
고열을 오가던 사람들
어쩔 수 없던 더위를 삼켜버린 탓에
들끓던 열기를 토하기도 했을게다

불쑥 불쑥 질러대던 목소리는
숨 쉴 수 없어 말할 수 없어
뱉어낸 열기일 게다

누구도 겸손하지 못했고
누구도 차분하지 못했고
누구도 양보하지 못했던 것은

그러지 않고는 그 여름을
견딜 수 없었을 게다

치열하게 쏟아낸
사랑도 이별도 미움도 아픔도
어느 해 보다도 뜨겁던 그 여름을
비켜 갈 수 없었을 게다

환선굴

어둠에 갇힌 호소의 물줄기가
오만한 삶 등짝을 정신없이 때리며
천국의 계단을 지나고 은하교를 흘러
회귀의 다리를 건너서야 편편히 부서지며 잠잠 하도다
합장한 수도승이 닦은 도는 속세에 들어오지 못한 채
오묘한 신비로 남아 있는 먼 길
이니스프리 청정의 숨결로 사랑을 맹세하고서야
돌 틈을 비집고 산야를 둘러보았을
옛 기억은 천년을 두고 흘러오고 흘러간다

깊어진 첩첩산중 순수의 바람 불어와
초록빛 세상을 열어 첫 발자국부터
심연을 읽어 내리는 물줄기
펑펑 쏟아지는 물줄기는
인생사 시원한 소통을 말하고
비좁은 통로를 굽이굽이 돌아 돌아 흐르는 물은
질곡의 삶이 그러하다 말하고
머리 숙여 기어가는 구간은
낮은 자세로 뿌리의 삶을 보라 말한다
오 밀 조밀 미로의 물 길이 갈래갈래 모여
깊은 삼척의 협곡을 흘러 한가람이 되고
평화의 바다에 이르는 시발점에 서서
물길 따라 흘러가는 순응을 기도한다

사랑을 하려거든

부처도 돌아앉고
하늘도 노하여 어긋나는 심사
어찌 인간이 감당하랴

진심이 아니면 퐁당퐁당
시냇가에 돌멩이를 던지듯
그 마음을 던지지 마라

생각 없이 던진 그 마음에
아프게 맞아 눈물이 고여 오면
한 잔 술로 비우는 비련이여!

꽃잎에 이슬이 마르고
줄기에 눈물이 마르면
뿌리가 썩지 않더냐

사랑을 하려거든
꼭 한 사람의 가슴에서
투명한 물줄기로 흘러라

그는 하나뿐인 마음을
그대에게만 곱게 주었을게다

낙화

떨어지는 꽃잎아 서러워 마라
한때는 세상의 사랑과 은혜를
곱게 입지 않았더냐

지는 꽃잎아 아쉬워 마라
꽃대를 올리지도 못하고
궁대 그늘에서 묻혀버린 꽃씨도 있었다

날아가는 꽃잎아 겁내지 마라
무거운 마음 벗어 버린
가벼운 민낯으로 처음 그곳 원점에서
약속의 땅을 만나는 것이다

화사했던 기억을 들고
다가올 꽃잎에게 그 자리를 내주는
그 마음이 곱지 않더냐

잊힐 꽃잎아 부러워 마라
어떤 꽃잎도 영원치 못하니
낙화 없던 꽃잎이 또 어디 있더냐

9월에 핀 목련

불볕더위에도
끓어오르던 열기에도
서슬이 퍼런 냉기를 품어
흘러내리는 땀방울을
빙핵으로 굳힌 고드름이
하얀 목련으로 피었다

폭염과 폭풍을 동반한
먹구름 덩어리 폭우에도
씻겨 내리지 못한 한 서린 냉기는
계절을 닫아 놓고 곁가지에 붙어
9월의 봄을 노래한다

역광의 빛은 한 줄기 볕뉘도
놓치지 않고 중심을 잘 잡아
뿌리를 내리고

떨어지는 꽃잎 눈물을 받아
한 잔 술로 마시고 흥건해진 마음은
바른 햇빛을 두고 조명빛에 꽃을 피운다

나는 어디에 있는 걸까

지금 무엇을 하고 있는지
모른다면 그대로 둘 일이 아니다
맑아지는 길에 발을 올려놓자

쓸모없이 수군대는 소리에
귀를 열어 놓았다면
꼬리를 자르고 귀를 닫자

넘치는 정보에 피곤하다면
몰라도 되는 것은 딱 덮어 두고 눈을 지그시 감자

어쩔 수 없이 가는 마음이 힘겹다면
잘못된 마음 길이 아닌지 살펴보자

들리는 말이 지친다면
약속하다는 말을 들어도
반쯤 접어 놓고 지친 나를 꼭 안아 주자

갑갑하고 외롭다고 해서
나를 함부로 내 놓지 말자
잘못 디딘 발자국이 발목을 잡는다

눈이 보배로운 자 고운 것을 볼 것이며
귀가 지혜로운 자 곱게 들을 것이다

풀꽃

바람에 나부끼는 풀꽃은
한결같이 탱탱하게 보이려
마른 가슴으로 풀물을 끌어올리기에
뿌리가 말라가는 것도 모른다

밟힐 때마다 푸석해진 줄기는
핏기를 채우느라 땅이 꺼지는 아픔을 감내하고도
이름 없이 길섶에 드러 누워있다

아무나 밟고 지나가는 풀꽃
그저, 곱게 빚어내는 시인들
풀꽃의 마음을 들여다볼 생각은 있는 걸까

푹신한 생기가 마냥 좋아
사랑한다며 들판을 마구 누빈다
풀꽃도 행복했을까

나의 행복에 누군가의 아픔이
멍울져 있지는 않았을까

제목 : 풀꽃
시낭송 : 박영애
스마트폰으로 QR 코드를 스캔하면
시낭송을 감상할 수 있습니다.

7월의 코스모스

기별 없이 불쑥 찾아 와
허무한 이에게는
희망이 있다는 것을

가슴이 아픈 이에게는
살아 있다는 것을 말하려
파스 한 장 손에 꼭 쥐고
거기 그렇게 서 있구나

오고 가는 때를 잘 알아
묻어가면 좋을 세상인데
어쩌자고 앞자리에서
상처를 받고 있는지

때 이른 꽃송이
지천에 꽃잎 피워놓고
새 길 열어가는 개척자의 심정으로
숭고한 희생 곳곳에 흐트러지는
꽃길 열어 놓고
홀연히 사라지겠지

7월의 코스모스여!

빈틈

내 마음의 빈틈에
고약한 실금이 가 있으면
천사의 말도 고약하게 들릴 것이고

내 마음이 넉넉하여 평온하면
더러는 불편한 말도
대수롭지 않게 지나갈 것이다

빈틈없이 꽉 찬 사람은
괜스레 숨이 막혀오고
빈틈에서 솔솔 향기를 뿜는 사람은
돌 틈에서 핀 민들레 같아
애잔하게 마음이 간다

사람이 빈틈 없이
단단해야 하겠지만
빈틈은 산소가 통하는 숨통이며
헛점이나 허술함이 아니라
좁은 길의 소통이다

나의 글은 누구인가

바닥이 드러난 빈 병
텅 빈 커피 잔 허기진 영혼

두 눈 맑게 뜨고
한자 한자 단지에 담았던 글씨들
뚜껑을 열어보니 부유물만 가득하다

콘크리트 바닥에 글씨를 심었던가
황무지에 시어를 뿌렸던가
뿌연 먼지를 둘러쓴 글씨는
발아되지 못하고 주저앉았다

빛바래고 길을 잃어 암울하다
축축한 먼지 사락사락 털어 내고
송홧가루처럼 가볍게 날리고 싶다

영글지 못한 어설픈 글밭
낱낱이 갈아엎어 낮은 땅
개미 행렬에 줄을 세우고 싶다

동녘의 복점

대한의 긍지인가
혈손의 기백인가

온 겨레의 사랑 덩이
동해의 등대
힘찬 복점에

조국의 염원이
무궁화로 피었다

- 짧은 시 짓기 전국 공모전 동상 수상 (시제 : 독도)

봄날의 기행

푸르른 정동진 부채 길은
바다를 가르며 달려온
파도와 손잡고 수변테크를 걷는다

저 하늘이 내 것이고
이 바다도 내 것이다
시원한 바람도 내 것이며
따갑지 않은 햇살도 내 것이다

하나 된 하늘과 바다
안목항에 흐르는 낭만 속에
싱그러운 봄날이 빚어 놓은 노래에 앉는다

두둥실 떠다니는 저 구름과
갈매기 날개에 앉은 내 마음은
더없이 자유롭게 은빛 모래밭을 날아다닌다

티끌 하나 없이 탁 터인 천혜의 비경에
때 묻지 않은 봄빛은
금빛 선을 긋고 쏟아져 내리는
눈부신 봄날을 담았다

바람이 분다

커텐을 젖힌 햇살은 따스하고
봄바람도 꽃향기를
봉인한 채 보내주는데
평정심이 마구 흔들려 어긋났던 시간

북적대는 인파 속
보이지 않는 신경전
줄다리기하던 줄을 툭 끊어 놓고 보니
천 길 낭떠러지다

포효하던 투지는
얽히고설킨 실타래를
싹둑 짤라 놓고 나를 위로한다

어제는 몰랐던 오늘이 낯설다
바람이 분다
소나기를 몰고 올 먹구름이 오고 있다

고드름

속을 훤히 보이는 겨울의 마음은
슬픈 고독이 한겹 한겹 쌓여
녹아내리지 못하고 얼음산이 되었다

투명한 외로움은 주인을 나무란다
마음 문에 빗장을 채우고
내어놓지 못하는 시린 손
겹겹이 얼어 응어리가 되었다

따스한 온기를 만나
한 방울씩 녹아내리고 싶은
이 덩어리 어쩌면 좋을까

겨울 속에 갇힌
사랑스러운 보석빛 덩어리
수정같이 맑고 예뻐서
두 손으로 받아 녹여보는 소리 투두둑 툭툭

폭풍 한설 아릿한 사랑에
고여오는 눈물로도 떠나보내지 못하고
맺히고 맺혀 겨울꽃으로 피었다.

언니와 사과밭

제천의 바람은 사과밭에 불었다
햇살을 고루 받아 볼이 빨개진 능금은
언니처럼 곱게 익어 생글생글 웃는다

고 참! 기특하구나
내 마음 어찌 알고
언니같이 나를 기다렸나보다

새콤달콤 붉은빛 화장하고
고운 뺨에 비타민 가득 채워
방실거리는 다홍빛 동그라미에
둘러싸여 덩달아 사과가 되었다. 나는

어떤 것을 잡을까나
탐스럽게 고개 내밀고있는
언니 볼 닮은 사과에 손이 간다
코끝으로 전해오는 상큼한 향기
언니 내음 풍기는 열매에 눈이 간다

찡그리지 말라던 언니 목소리
상냥하게 웃고 있는 홍옥
뉘라서 언니 같이 예쁜 너를 마다할까

신발을 보자

불만은 불행을 낳고
만족은 행복을 낳는다
아래를 내려보면 오만스럽고
위를 보면 늘 불만스러워진다

그러니 가끔은
앞을 반듯하게 보자
내 눈높이에 맞는 시선으로
내 발걸음에 맞게 평화롭고 여유롭게 걷자

돌산 같은 바위를 깨고
그 길을 가는 우매함보다는
그 바위를 돌아가자

가시덤불에 앉아 찔러대는
가시를 뽑느라고 진땀을
쏟을 일이 아니다
돌아서서 가시밭을 돌아가자

길이 아닌 길목에서 서성이다
헤매는 길 작아지는 마음보다
돌아서서 내 발에 맞는 신발을 신고
콧노래로 가볍게 걷자

눈물의 의미

맑은 이슬 방울이
내면으로 고여오는 카타르시스
설명할 수 없는 마음
수정 방울 된 속내
압축된 마음을 감출 수 없어
진실이 그대로 흘러 내린다

감사하고 사랑해서 감동으로 흘리는
단맛의 눈물은 행복이요

너무나 힘들고 아파서
슬픔으로 쏟는 눈물은 쓴맛이다
땀방울 같이 흘리는 눈물은
고뇌의 짠맛이겠다

퍽퍽한 가슴이 되지 않게
물길 하나 열어 놓았다
때론 그 길 담담하게 걸어가자

심신이 정화되는
마음의 결정체 길을 닫지 말자
어쩌지 못할 때 눈물로 말하여
마음을 다독이자

내 마음의 회초리

회색빛 먹구름이 천지를 흔들어서
뿌려주는 하얀 눈발에
빨간 얼굴을 들어보니
차가운 뺨에 닿는 백색의 회초리가
어눌한 정신을 깨운다

뿌연 먼지가 끼어있던 눈앞
압축된 맑음은 사방에서 꽂히는
순백의 눈꽃이 사랑의 매가 되어
먹먹함을 거두어 내고 밝게 웃는다

콧등이 빨개지는 추위에
끓어 오르던 불덩이 마음을
풀어 놓고 세찬 바람에 맡긴다

순백의 차가운 회초리는
심장까지 파고들어 토닥이며
열기를 잠재우고
고요한 평안을 손에 쥐여 준다

멀어지는 길

무작정 걸었다 한없이
아득하게 보이는 꼭짓점이
조금씩 가까워지는 것을 느끼며
숨 가쁘게 걷다가 뛰다가
도달될 듯하나 멀어지는 저 꼭짓점

뒤를 돌아보니 지나온 꼭짓점도 아득하다
포물선이 그려져 있는 이 길이
어떻게 직선으로 보였던 걸까
멀어지는 길에서 고개를 저어본다

앞으로 가는 길, 돌아가는 길
이 곡선을 넘으면 무엇이 있을까
도무지 알 수가 없다

쏟아지는 빗줄기에
꼬물거리며 길을 나서는 달팽이는
가야 할 곳을 알까

길 위에서 잃어버린 길을 찾는다
시를 빚어 보는 안개 자욱한 길
가르마를 가르는 이 길 꼭짓점은 어디쯤일까

끝 사랑 하얀 국화

하얀 얼굴에
소복이 담아놓은 향기는
임 그리워하는 아련한 마음이었어라

표표히 올린 꽃잎에
송이송이 묶은 마음은
흔들리지 않겠다는 각오로
순백의 지조를 지켜 피어 있었어라

그렇게 피었던 하얀 국화는
사랑하는 임의 지고지순한 꽃으로
한평생 곁에 머물다 그 임이 세상
하직하는 날 마지막을 지키며
그 곁에서 시들어가고 있었어라

피었다 사라지는 꽃잎이라도
돌아올 수 없다면 내세까지 따르는
그 마음 하얀 국화꽃
성실과 믿음이라는 꽃말로
신은 하얀 국화꽃을 만들었다지
끝 사랑 하얀 국화꽃

#마파람 남풍 : 고뇌, 기다림

집으로 가는 길 (황진이 문학상)

하루 노동을 마친 태양이
집으로 갈 때면
나도 따라 집으로 간다

환승역 에스컬레이터를 타면
가뿐 오르는 길이 편안하다
내려오는 사람들은 어떨까

빨리 올라가면 빨리 내려와야 하는
에스컬레이터 도로 같은 인생길
요동치며 올라야 할 까닭이 있을까

집은 동쪽에만 있고
내리막길은 나쁠 거라 생각했다

서쪽으로 오가는 사람들
불만 없이 내려가는 사람들
길은 사방에 있다

살다가 살아가다가
오가던 길이 막연할 때
큰 숨 한번 쉬고 멀리 둘러 보자

비련화

꽃으로 피어 있어라
혹한기 시리고 아픈 꽃이라도
생명을 포기하지 마라.

시리고 아프다 하여
피어 있기를 주저한다면 이미 죽은 꽃이다
눈 흘기는 것도 따가운 질투도 시샘도
꽃으로 피어 있기 때문이다

그늘에 묻혀 아무것도 못 하고
땅속으로 숨어들면
비련화 이름도 지워진다
눈물을 아껴 두었다 그때 울어라

세상은 고운 꽃을 원하지만
한철 피었다 사라지는
생명 짧은 꽃이라면 피어서 무엇 하랴

고드름 위에 피어있어
슬픈 꽃이라도
영원히 지지 않는 꽃이라면
비련화라도 괜찮다

소설

첫눈이 내리는 하얀 겨울에
발도장 꾹꾹 찍어 보고 싶었습니다
우윳빛 설원이 꿈처럼 펼쳐지면
사그락사그락 추억을 줍고 싶었습니다

그대 동그란 두 눈에 설원이 펼쳐지면
한 가닥 찬연한 빛을 쫓아
저 푸른 해원으로 달려가 보고

솔향 가득한 숲길에도
순결의 하얀 옷 토닥토닥 입혀 놓고
소설은 푸르른 청춘 바르게 보라 합니다

회색빛 잔영 설익은 발자국은
시린 마음에 애잔한 기억 덩이 녹아내리듯
온종일 지우개로 내리는 백설은
온 세상을 하얀 솜이불로 덮었습니다

내 마음의 연못에 탓하지 않는 꽃을 피우리

개구리 폴짝 뛰는 작은 연못에
찌르 찌르르 찌르 풀벌레 소리
고즈넉한 풍경에 물고기 떼 유희

우아한 자태로 노니는 오리 떼는
물밑 발버둥이 그토록 힘겨워도
오리 떼가 연못을 탓하던가

첨벙대는 뻘밭 모진 곳에 서서
흔들림 없는 마음의 지렛대로
고고하게 피워 올린 연꽃을 보라
연꽃이 연밭을 탓하던가

뽀송뽀송한 모래밭이 아니어도
갯벌에서 빛나는 보석은
세상에서 가장 찬란한 빛이지만
앉은 자리를 탓하지 않고

보석 가루로 퍼진 햇살이
연못에 내려앉아 찰랑찰랑
탓하지 않는 물꽃으로 피어나니

내 작은 가슴 빈터에
샘물이 흐르는 연못을 이루어
언제나 그대가 쉴 수 있게
탓하지 않는 꽃을 날마다 피우리

제목 : 내 마음의 연못에
탓하지 않는 꽃을 피우리
시낭송 : 박영애
스마트폰으로 QR 코드를 스캔하면
시낭송을 감상할 수 있습니다.

동전

보이는 앞면이 전부인 게지
동그라미 속에 도저히 볼 수 없는
뒷면은 알 수 없는 게지

뒷면 또한 아무리 목을 빼도
앞면이 보이지 않는 게지

앞면을 본 사람과
뒷면을 본 사람은
같은 동전을 보고도
서로 다른 말을 하는 게지
같은 마음이 될 수 없는 게지

동전은 양면이 완전 다른 그림이라
정답이 없는 오해를
정답으로 알아야 하는 양면성

속마음과 말이 다른
사람의 마음을 닮았다

내게로 온 가을

꽃잎이 햇살에 웃고
풀잎이 이슬방울에 감사하고
나뭇잎이 바람에 춤추네

먼지까지 말갛게 닦아 놓은
청옥 빛 하늘은 기다리지 않아도
와르르 우수수 와르르
내 품으로 쏟아져 안겨 오네

더없이 높아진 파란 하늘은 새들의 천국이요
자유로운 구름의 낙원이요
가슴 가슴 펼쳐 놓은 가을빛 보자기라네

감미로운 햇살 살가운 바람
보드라운 기운 두른 황금 들판
흥건하게 영글어 준 단맛의 열매

산고의 고통을 치른 여름이
힘껏 낳아준 이 가을 내게도 왔네
가슴을 활짝 열고 실 것 안아 볼까

밤 비

밤 하늘만큼이나 까만 고독은
넓이도 깊이도 가늠할 길이 없어
협곡이 되고 바다가 되었습니다

까만 비가 생명으로 뛰어 내리는 날이면
하늘도 더는 고독을 견딜 수 없어
울어버린 날입니다

차란차란 거리마다
고독의 물줄기가 휘돌아
흘러 흘러가면 하얀 아침이 오겠지요

새 날이 밝을 때까지
내 가슴에 쌓여있던 고독을 한 움큼씩
꺼내고 꺼내어 빗줄기에 띄웁니다

하염없이 내리는 그대여!
흙빛 고독의 그늘을 남김 없이
씻어 주시겠지요

마음의 본질

움직이는 마음은
눈물과 미소 사이를
오가는 시계추와 같다

천사와 동물, 선과 악 사이를 오가며
도덕을 익히고 마음을 다스려도
갈등의 끈을 손에서 놓지 못하겠는가

단맛과 쓴맛, 솜사탕과 얼음 사이에서
차가움과 뜨거움을 오가며
얼었다 녹았다 하는 감정 항아리에 갇혀 있는가

사랑과 이별 행복과 불행 사이를
떠나지 못하는 미완의 마음은
비워도 비워도 가슴에 차오르는가

어디로 어떻게 흐르던 희망의 시계추는
천사와 미소, 선과 따뜻함으로
행복을 꿈꾸는 자에게로 흘러갈 것이다

사랑의 조각배

내 마음 조각배에
청량한 사랑이 실리면
그대라는 희망은 그루터기에 앉아

탐스러운 안개꽃 한 아름 묶어
진실한 눈빛 담아
쿵쿵 뛰는 심장으로 인사한다

청옥빛 하늘과 담녹색 물빛이
한결같은 마음으로 해님과 달님을 기다리듯
긴 여정에 닻을 올린다

말없이 물결치는 세월의 강줄기에
지난 시간이 주마등같이 스치면
편지가 되고 시가 되고 노래가 되어
사랑의 조각배는 투명한 물줄기 따라 흐른다

비를 타고 흐르는 음악

물 안개로 피어오른 그리움은
빗방울 소리 되어
벼르고 있던 음표로 뛰어내린다

포르테 포르티시모
점점 강하게 주저 없이 달려와
직립으로 가슴에 꽂히면
단단한 갈증은 통쾌하게 부서지고
떨어져 내리는 소리는 합주곡이 된다

1악장을 지난 빗줄기는
이내, 안단테 안단티노 차분하게 흘러흘러
자박자박 내 마음 두드린다

물기 젖은 그대 목소리가
솔 잎 향으로 내 안에 흘러들어
은파로 퍼지면

사랑스러운 선율 따라
섬섬옥수 얼싸안고 술렁술렁 춤추리
이 노래가 사라질 때까지
저 빗소리가 멈출 때까지

바람개비

풍량의 깊이와 넓이는
오직 바람에 맡겨두고
삼원색의 원피스 곱게 차려 입고
바람 앞에 서 있어요

불어주는 바람의 지휘에
박자와 리듬을 잘 알아 들어
뱅그르르 별꽃을 그리며
사드락 사드락 춤추어요

바람 앞에 자존을 지키되
자만과 위엄은 내려놓고
거짓도 실망도 없이 초연하지요

오지 않을 바람 지나는 바람에
미련도 아쉬움도 없지만
바람개비를 잡아줄 그 손을 기다리지요

바람개비의 자유로운 춤은
오직 불어주는 바람의 힘으로만
팔랑이며 호흡하는 단짝이지만

그대 같은 바람이 없다면
혼자서는 아무것도 아닌 바보랍니다

화암 동굴

공룡이 살았고 박쥐가 날았을
동화의 나라 신비의 동굴
곡선을 타고 흐르는 곡석의 수정체
반짝이는 종유석의 찬란한 윤기
금가루가 숨어 있을 석순

황금 유혹 손짓이 어슴푸레 보이면
폐부에서 끌어올린 광부의 허기진 숨소리는
소태같은 쓴 내, 숫 검쟁이가 된 단내로
버티어 내던 삶이고 죽음이었다

금 찾는 도깨비방망이와 황금알 낳는 거위
동굴을 부수고 금 가루를 잡은 마이다스의 손은
정선 아리랑 고개를 넘어간다

평범해 보이는 산자락이
과히, 형용할 수 없을 만큼
보물을 숨기고 있는 것을 보면
세상 이치가 그러하듯 눈에 보이는 게 다가 아니다

푸른 심장으로 기다리던 울창한 소나무 숲은
열정의 가슴으로 평안의 눈으로
동굴을 뒤덮어 비밀스런 보물을 지키고 서 있다

인연의 길

천 리 길이라도
마음이 있으면 한 뼘 곁이고
마주 보듯 코앞에 있어도
마음이 없으면 천 리 길이더라
멀다, 가깝다는 마음의 간격이더라

행복과 불행이 멀리 있는 것이 아니라
가까이 붙어 다니는 것처럼
어둠과 빛도 같이 걷더라

어렵사리 닿은 마음도
실금 하나로 멀어지는 걸 보면
마음은 유리잔 같더라

보이지도 않고 만질 수도 없는
유리잔 같은 마음이
생각만으로 천 번을 오간다 한들
무슨 소용이라지만

생각의 길이 열리고
마음의 길이 열려야
인연의 길이 열리더라

디딤돌

내가 하는 일이 항상
옳다는 생각은 하지 말아요
그건 당연 내 생각일 뿐입니다

바라보는 그가
늘 틀린다고 생각하지 말아요
그는 그게 최선일 겁니다

가슴에 얹힌 돌덩이
걸림돌 되어 한 발자국도
움직일 수 없다지만

사뭇 깨달음이란
지나 봐야 알게 되거늘
더 높고 높은 산자락도
거뜬히 휘감아 오르는데

걸림돌이 되더라도
보듬어 토닥이다 보면
단단한 디딤돌이 됩니다

마음의 창

어두운 실내
유리 벽 너머 세상은
오목 렌즈가 필요하다

알 듯 말 듯한 원거리지만
보일 듯 말 듯한
그대 생각을 응시하면
마음의 창이 열려 있는 듯하나

투명 유리 벽이 있어
보이는 것 너머 속 모습을
찍을 수 없다.

거죽만 보이는 그대 모습
찰칵찰칵 내면도 밀려 나와
볼 수 있으면 좋겠다

아파하지 말자

초대하지 않은 비바람이
불현듯 불어와
꽃밭을 쓸어 갈 수도 있고
애지중지 여긴 글 밭에 뽀얀 먼지만 쌓여
휴지로 버려질 수도 있고

가장 소중하다고 여긴
보석도 새로운 상품에 밀려
별거 아닌 것이 될 수도 있다

그럴 수 있다
내 욕을 할 수도 있고
나를 싫어할 수도 있다

어쩌면 신의 세계도
절반은 예수, 절반은 부처를 찾는데
내 생각대로 내 뜻대로 안 된다고 아파하지 말자

한때는 심장을 쿵쿵 뛰게 하던
더없이 곱던 장미도 툭툭 꽃잎 떨어지듯
곱게도 적어 가던 사랑 시가 백지가 될 수도 있다
더러는 쌓이고 더러는 흐르는 그것이 세월이다

낙산사

고즈넉한 천 년 고찰
부처의 가피를 받아
어지럽힌 영혼을 깨우는 범종소리
산야에 묻힌 불상은
왜 바다를 보고 있을까

천년을 피고 지는 인연 속에
희구를 갈망하며 닿은 연
미련이 지우지 못한 집착
잔설 털어내듯 물안개 자욱하고

세속에 덫 입힌 이끼
낙산사 바다 물빛이
정갈히 씻어 내리는 소리
댕그랑 철석~ 땡그랑 찰싹 ~
쉼 없이 하는 말 괜찮아 괜찮아~

고요한 적막 속
목탁 소리에 심취한 불자 등 뒤로
석양이 진다

봄빛으로 물들어 갈 때면

소소리바람 사이
두견새가 날아오르면
추억의 조각은 꽃비로 뿌려지고

두견화 꽃물이 이산 저산 번질 때면
임 기다리던 여심은 분홍빛 심장으로
너른 치마폭 펼쳐 봄을 낚는다

뜨락마다 영산홍 만발하여
꽃길을 열어주면 포동동 강아지 뛰놀고
금나비 나풀나풀 아련 거린다

파고드는 시간의 힘으로
플라타너스 잎이
손바닥만큼 자라면
거리 거리에 보송보송 솜털 내리고
연초록은 녹색으로 깊어간다

봄빛이 짙게 여울지는
언덕에 나는 서 있다.

봄비 내리는 남산의 서정

초록으로 내리는 봄비를
해맑게 마중 나온 꽃다지
파르란 새싹 줄줄이
여울지는 도랑에 눈 맞추고

나목에 새 옷 입힌
푸르른 잎새들이 마냥 좋아
종달이도 십자매도 물물이 재잘거리며
여린 숲을 지킨다

라일락 향기 질투에
분홍빛 마음 숨길 수 없어
겹벚꽃은 생긋생긋 손 흔들고

분무기로 뿌려주는 이슬비에
파고드는 여심은 초록을 걷다가
익어가는 봄 한 아름 안고
진달래 빛으로 곱게 채색되었다.

춘설

무작정 밀고 들어온 봄에
지키고 서 있던 땅을 까닭 없이
던지고 갈 수 없습니다

어떻게 지켜 낸 사랑인데
높아지는 온도에 무너질까요
고통을 나누며 차갑게 다스려
키워온 사랑이 아니던가요

못다 한 애증은 눈물로 녹아내려
지키던 자리를 내어 주고
대지에 묻히면 다시 온다 약속이라도 해주오

그 약속 믿고 서러워도
흙빛 땅속에서 일 년을 기다리겠소

한때는 만년설만 찾던 그대
봄꽃에 묻혀 춘설에 눈 흘기니
아린 마음 애잔히 흐릅니다

겨울나무 앞에 서면

무던히도 힘겹던 것을
미련 없이 내려놓았다
지키려고 했던 온갖
욕심을 툭툭 벗어 놓았다

해님께 받은 사랑 겹겹이 보답하여
꽃피워 그늘 주고 고운 단풍까지
모두 내어놓고 빈 마음 벗은 몸으로
입을 꾹 다물었다. 이젠

관조하듯 앙상한 뼈마디
그 속에 흉터 자국 마디마디를 꺾어
지난 세월이 심상치 않았음은
여기저기 박힌 옹이가 말한다

맺힌 옹이의 수 앞에 나이테가 따라왔다
인고의 세월은 지난 기억 속에서
견디어 온 옹이를 뽑아놓고
나루터기에 앉아 겨울나무를 바라본다

반듯한 생각

짓눌린 가슴
무겁고 답답하여
무게를 덜어보려
물구나무서기를 했다

모두가 거꾸로
내가 보던 세상이
일제히 뒤집혀 돌아 누웠다

단 하나
그대 생각만큼은
변함없이 반듯하다.

함정

은빛 얼음 바닥의 유혹으로
한 발 한 발 별일 없을 거야 하며
들어가 본 적이 있는가

쩍 갈라지는 바닥
퐁당 개울물에 빠져버린 날
다행히도 깊은 시냇물이 아니라
목숨은 건졌다

하얀 눈밭을 설레며 걷다가
푹 꺼진 고랑에 빠져본 적이 있는가
눈앞에서 사라진 아이를 고랑에서
건져 본 적이 있다

바닥이 드러나는 일인데도
보이지 않은 일은 늘 이렇듯
함정이 있다

함께 걷는 공동체

같이 걷는 길은
깊은 계곡을 아슬아슬 연결한
구름다리를 건너는 것이다

함께 걷는 길은
나란한 간격으로 줄지어 있는
오작교의 까마귀 등과 같이
거리를 조절하는 세심한 길이다

끌어주고 이어주는 길은
도미노가 닿은 힘의 연결이며
받은 에너지를 연결하는 질서는
일정한 간격이 차마 예술이다

활짝 핀 장미 한 송이가
아무리 고와도 꽃밭을 다 차지할 수 없고
우람한 배 한 척이 저 넓은 바다를
모두 덮을 수도 없다

이처럼 조직의 구성원들은
규율 안에서 어우렁 더우렁
함께 걸어야 멀리 갈 수 있다

#샛바람 : 사랑, 그리움

멀어지는 가을 (황진이 문학상)

늦가을 풍경이 시선을 따라
가슴에 촘촘히 머물러 있었는데
하루가 다르게 동공에서 멀어지니
애달은 마음 어찌하오

들길 따라 노랗게 차오르는
내 그리움은 오색 빛 단풍에
곱디곱게 새겨 가을바람에 띄우오

후미진 곳까지 스치는
까슬한 가을바람이
뒷모습만 남긴 채 만추로 불어갈 때
내 그리움의 끝자락 둔덕에서
그 발길을 멈추어주오

구절초 향기에 봉인한 내 마음이
꽃잎에 사뿐 내리면 구절초 한 송이 꺾어
책갈피에 곱게 넣어 놓고
그곳, 둔덕에서 오색 단풍을 한번만 더 안아주오

제목 : 멀어지는 가을
시낭송 : 박영애
스마트폰으로 QR 코드를 스캔하면
시낭송을 감상할 수 있습니다.

아버지의 뒷모습

접은 날개 활짝 펼쳐
하늘 향해 힘차게 날아 보았지만
어느 시점 찢긴 날개 부여잡고
뒤돌아올 때가 있었습니다

군중을 향해 닫힌 가슴
오롯이 열었지만 말 못하던 상처를 끌어안고
숨어 울던 때가 있었습니다

한 땀 한 땀 쌓아 올린 돌탑이
태풍 같은 바람에 와르르 무너져
하늘을 원망하던 때가 있었습니다

그럴 때마다 새벽 이슬을 밟고
논두렁을 걷던 성실한 아버지의
참 모습을 생각해 보았습니다

요행이나 행운을 바란 것은 아닐까
세상 어디에도 그저 되는 것은 없고
심는 대로 거두는 농부였던 아버지
그 뒷모습은 어수룩해 보여도
약속의 땅에 발자국을 심으셨습니다

단풍의 이별(2)

저만치 앞서가는 고독 위로
툭툭 낙화하는 붉은 상심
시린 마음 고개 떨구는 구절초

속을 훤히 드러내는 산야는
빨 노란 단풍색 더없이 짙어가니
너는 퇴색되고 나는 물들었다

하지만, 아프게 울고 있었는지
또는, 기쁘게 웃고 있었는지
알 수 없고 말할 수 없는 세월의 강
그대도 나도 보고만 있었다

해맑은 곱다란 빛
불어오는 스산한 바람에
시나브로 젖어 탯줄 자르는 저 소리
쓸쓸하게 나부끼는 그 속내
그대도 나도 알고 싶었다

고운 빛 저 단풍
쓸쓸한 뒷모습 보이기 싫어
하얀 첫눈 내리는 날 용케도 숨어 버렸다

이별이란 그런 것이라며 …

가을비에 묻어 온 사랑

가을이 오기를
가을에 비가 내리기를
길게도 기다렸지요

지난 가을비에
두고 간 사랑의 잔영으로
주저 없이 뛰어내리는 쌀비

흠뻑 적시어 메마름이 오기 전에
목마른 갈증을 해소하듯
단비로 오셨습니다

낙엽 되어 방황하는 저 가을도
그대 오시기를 동구 밖에서
까치 발로 기다렸습니다

온 누리 고루고루
분무기로 흩뿌리는 생명의 물처럼
촉촉하게 내립니다

한 계절을 보내고 맞이하기에
차란차란 차오르는 그대는
묻어오는 가을사랑입니다

당신의 사랑이 나라면

지나친 간섭으로 고민하지 않게
어려운 일 앞에서도 염원의 꽃으로
담담히 희망을 노래하겠습니다

바램 없는 마음으로 그늘은 쫓고
편편히 부서지는 아침 햇덩이같이
밝은 소망을 풀어 놓겠습니다

기다림에 지치지 않게
매일 아침 안부를 물어오는
부지런한 종달새가 되겠습니다

꽃잎으로 내리는 새털 같은 하루에
우련한 향으로 어둠이 걷히는
평안을 기도하겠습니다

은혜의 하늘, 믿음의 바다,
약속의 땅으로 펼쳐진 지평선에
지혜의 씨앗을 총총히 뿌리겠습니다

언제나 푸르른 소나무의 청렴을
곧은 대숲의 마디 마디에 새겨
지고지순의 절개를 담겠습니다

눈꽃 사랑

날개 없는 그리움이
눈꽃 되어 내리네

꼬리를 감추는 그대는
얼마나 더 내리고 내려야
하얀 꽃송이로 피어나고 피어날까

회색빛 하늘에
너울너울 날아다니는 그대 얼굴
소복소복 쌓이는
그대 모습 그대 모습

하염없이 내리는 사랑이여
나빌레라 나빌레라
더없이 맑아지는 그대 생각
끝없이 보고 싶은 그대 얼굴

나폴나폴 하얀 나비 되어
사방으로 퍼져 퍼져가네
순백의 내 사랑이여
그리운 내 사랑이여

기다리는 갈사랑

그리움의 별빛은 어디쯤 숨어 있을까
갈잎이 덮어버린 길
바스락거리는 소리만 들릴 뿐
그대에게 가는 길은 보이지 않네

길모퉁이 돌아서면 만날 수 있을까
얼마나 남았길래 가도 가도 이정표가 없는
가을 하늘 같이 막연할까

갈색 추억 뒹구는 만산홍엽이
온 산으로 번져 붉게 타오르면
마중물 되어 불꽃놀이 오시려나
깊어 가는 갈 사랑 어디메쯤 보고 있을까

내게로 뛰어 달려온 이 가을
갈바람 따라 길을 나서는데
처연하게 낙엽만 치맛자락으로 툭툭 떨어지네

어느 가을 길을 열어 놓았을까
바람아 말해다오
단풍아 너는 알고 있니

비익조와 연리지 연정

태풍과 비바람에
얽히고설킨 뿌리가 아니면
견딜 수 없을 거라 했었지요

줄기가 뻗어갈 때
질투와 시샘이 있을 거라며
숨죽인 사랑 진흙탕 밑에서
뿌리를 다지고 줄기를 키웠지요

이제야 알겠어요
어두운 곳에 가두어 두고
비밀스럽게 창 닫고 빗장 채운 그 까닭을

외 날개 외 눈 박이 새를 만나
오롯한 하나가 되고서야
천년을 꿈꾼 하늘의 비익조처럼

지나는 바람에 흔들려도
생경한 땅속 불멸의 언약
볼 수 없었지만 맞닿은 체온으로 지킨 사랑
천년을 피고 지네요

간이역으로 가는 연인들

졸졸 실개천은 사랑을 노래하고
깊은 호수는 고요를 말하네
우람한 나무는 말없이 그늘을 내어주고
울창한 숲은 대가 없이 시원한 바람을 보내주네

하늘은 침묵으로
자유로운 구름을 허락하고
혁명으로 일어선 녹색 대지는
넘치는 생동감을 펼쳐 심었네

신이 내린 축복 받아
봉인한 기쁨을 풀어 젖힌 여름날
햇살 밀어낸 연인들은
간이역 도반에 걸터앉아
배롱나무 꽃잎을 세고 있네

여름과 가을 사이
달구어진 빨간 잎 새
가을로 가는 환승역 어디메쯤 내 님이 서성일까

빨간 잎새 담은 내비게이션은
시원하게 잠재워 줄 간이역을 찾아가네

어긋난 화살

과녁을 향해
기를 모은다

발끝에서 머리끝까지
온갖 세포는 긴장감으로 일어서고
근육이 빳빳하게 굳어지면
핏줄을 타고 거침없이 달리는 화촉

불안하고 초조한 마음까지 숨죽이고
칼날 같은 예리한 눈매는
과녁을 뚫어지게 응시한다

온 마음을 바쳐 쏜 화살 빗나간 과녁
순간 푹 꺼지는 가슴
땅이 무너지는 긴 한숨
철퍼덕 주저앉은 등 뒤에

툭, 떨어지는 이별이다

달빛 호수

눈빛으로 말하는 그대
동공 속이 고요하여
깊고 맑은 호수 같아요

도란도란 속삭이는 그대
나긋나긋 두드림이
감미로운 달빛 같아요

눈앞이 캄캄할 때 등불 되는 달님
고요한 호수에 살포시 내려
온밤을 지새우며 배시시 웃고 있네요

포근포근 파고드는 달빛
잠 못 이룬 날도 해 맑은 눈망울
아침 햇살 퍼지는 초롱초롱한 호수 같아요

한 여름밤의 비

투둑 투둑 툭툭
창을 두드리는 소리
기다리는 사람은 아무도 없는데
저리도 창을 두드리고 있다

쏴아~ 덜커덕덜커덕 바람까지 몰고서
여름밤을 흔들어 놓는 빗소리는
무슨 말을 하고 싶은 걸까

안개비까지 도랑으로 흘러
수많은 눈물이 쏟아져 내리는 것은
더는 힘겹고 무거워 견딜 수 없어
가벼워지고 싶은 모양이다

그렇다, 저 하늘 목도 참 많이 아팠겠다
주룩주룩 내리는 걸 보니
이 많은 물을 머리에 이고 어떻게 있었을까

보이지 않게 감추어 두었던
하늘 강은 방천이 무너지기 전에
수문을 열어 비워내고 있다

울고 싶었을 때
울어 버리라고 …

맑은 아침

창을 스르륵 열자
커튼을 젖힌 햇살이 성큼 들어섭니다

햇살 따라온 행복이
미소를 한 아름 안고 가슴을 파고들면
금세 따스한 행복이 차오릅니다

어수선하고 헝클어진 마음을
곱게 빗질하면 어느새 콧노래가
방안 가득 채워집니다

발라드가 집안 가득 쿵쿵 울리면
드라이플라워가 되어버린
먼지 묻은 장미를 하나도 남김없이
마음의 빗질로 말끔히 쓸어 내고

계절이 바뀌어도 변하지 않을
푸르른 난을 가득 심어둡니다.

억새 사랑

갈 때까지 가야 하는 강가 갈대
하늘하늘 휘날리며 손짓할 때
곱기도 하여 뭇 사랑을 받는다

갈대는 알고 있다
고개 숙여 웃어주면
두 손 들어 반겨 온다는 것을

산 등선을 힘들게 너머
오를 때까지 올라 언덕바지에
피어 있는 저 억새

알록달록 세상사가 두려운지
그리도 날카롭게 무장하고
세상을 등지고 피었다

억새도 알고 있다
뭇사람의 사랑이 필요치 않다
산 등선을 타고 기어이 올라온
그 사랑을 보고 싶은 거다

갈대는 가장 높은 곳에 핀
억새를 볼 수 없으나
억새는 흔들리는 갈대밭을 보고 있다

별과 달

아득하게 높고도 높다
고개들에 보아야 보인다
내 마음이 깜깜할 때
비로소 빛으로 보인다

내가 밝을 때는
어디에 있는지 찾을 수도 없다
내 눈앞이 어두워
앞이 보이지 않을 때
더욱 또렷하게 보이는 별, 달

그대는
별빛인가요
달빛인가요

그리움으로 내린 비

까슬한 햇살을 밀어내고
자박자박 내리는 봄비
한 줌 흙 초연히 피어 있는
제비꽃 잎에 톡톡 내린다

사락사락 그리움으로
내려앉은 신음이
빗방울로 맺히고

산 새도 묵언수행으로 고요하니
산허리 휘감는 운무에는
그대 그늘진 마음이 들어 있다

아픔을 모두 갈아 채로 걸러
빗물 같은 눈물이 되었을까
그칠 줄 모르는 빗줄기에
내 그리움을 적신다

미워할 수 없는 그대

별밤을 지키려
온 밤을 지새우는 그대
캄캄한 어둠을 등지고
마음의 등불로 별빛을 보고 있다

동토를 밀어 올린 햇덩이를
남김없이 낚아채 햇살로 비추려
온 낮을 빈틈없이 불태우는 그대

낮게 부는 바람에도
촛불이 꺼질세라 문지방을 오가며
서러운 눈물 속으로 삼키는 그대

온 대지를 촉촉이 적시는
그대 입김으로 그대 숨결로
안도의 잠을 자는 여린 마음들

끈끈한 끈으로 소복소복
정을 쌓아가며 귀감이 되는
바른길을 반듯하게 보고 있는 그대

그대의 길이라면
뭇 인연은 끈을 놓지 않을 겁니다

그대가 있기에

그대가 있기에
오색 꽃망울이 향기롭고
형형색색 꽃잎에 음표가 붙고
잎새에 쉼표가 그려지니
아리아의 선율은 더욱 애절하게
내 마음을 두드립니다

그대가 있기에
저 하늘 뭉게구름이 평화롭고
불어 오는 초록 바람이 시원하며
은하수 별빛이 더욱 아름답습니다

그대가 있기에
부서져 내리는 햇살이 따스하고
새들의 재잘거림이 정겹습니다

무지개 핀 언덕에도
사계절을 온통 노래하게 하고
시구를 찾아 시를 빛게 하는 그대는
오롯이 고운 시로 우뚝 서 있습니다

영산홍 꽃밭에 핀 목련

요망한 목련의 숨은 사랑
샛바람에 웅크린 몽우리가
끝내 모습을 드러내고
하얀 마음에 검은 흙을 묻히고
옷고름을 풀었다

봄바람은 목련 꽃잎을 안고
담을 넘었다

영산홍 꽃밭에 풍기는
목련 향기에 약수터는 수군거린다
캄캄한 밤 비밀스럽게 오가던 저 바람
목련 향기에 취해 앉은 자리도 모른다

다홍빛 밭에 피어난 하얀 면사포
숨겨둔 마음 흐느끼고
상처 난 꽃잎 검은 흔적은
유리 벽 너머 렌즈에 잡혔다

건장한 목련나무 나부끼는 바람에
꽃송이 떨어지는 줄도 모른다

솔 향기 같은 그대

얼 비추는 님 그림자
설핏한 향기

그대 품어 안은 가슴
꽃처럼 웃고 새처럼 노래한다

정겨운 향 가득 담아 별이 된 사랑
잔잔한 목소리에 기쁨이 있고
애잔한 마음 그리움이 있다

가슴 저민 아련한 추억 조각
보고 싶다 보채며
먼 기억 속을 달린다

시곗바늘 연주에도 놓쳐버린 엇박자
갈 곳 잃은 내 마음
솔 향기 체취 찾아 쓸쓸한 거리를 걷는다

얼음꽃

동장군 습격에 굳어버린 마음
눈꽃마저 겹겹이 얼어
폭풍 한설 울먹이며
눈물 꽃이 되었다

수정 같은 물방울 낚아채
냉랭한 기운으로 가두고
봉인한 입술 뿌려지는 슬픔이여
캄캄한 밤 고독한 꽃이 되었다

투명한 덩어리 단단하게 피울 때
영원할 것 같더니 금세 녹아내려
뿌리 없이 흔들리다 소리 없이
사라지는 바람꽃이 되었다

멀리서 보기에 더없이 반짝이는
보석빛 손짓에 가까이 다가가니
잃어버린 향기 냉랭한 가슴
이와 같은 것이 얼음 꽃 뿐이던가!

커피잔에 그대가

커피 향이 딱 어울리는 카페는
여느 때와 같이 남실대는 리듬과
달그락거리는 소리로 정겹다

폐부까지 스미는
커피 향과 은은한 선율은
꽃구름 속으로 데려다 놓는다

그리움이 산이 된 그대
다정한 속살거림은 커피 향을 따라
목줄을 타고 가슴으로 흐른다

어느새 비어버린 커피잔
할 말은 아직도 남았는데
눈길 머문 빈 잔에
하고픈 말들은 가득 채워지고
쓸쓸한 빈 잔만 덩그러니 남아있다

겨울로 가는 사랑

파르라니 돋은 싹 움 틔우고
쉼 없이 꼼지락꼼지락 줄기 세워
잎새들을 키워 내더니
엄동설한에 꽃을 피우더라

겨울로 가는 사랑은
모닥불이 되기 위해
봄 여름 긴 기다림으로
농부가 뿌린 사랑의 씨앗이
결실을 가져오더라

떨어지는 꽃잎은 꽃대만 남겼고
감꽃이 홍시가 될 때까지 익어가던 가을
불사르던 단풍을 어쩌지 못하고
멍하니 쏟아놓던 한숨

파르란 새싹에 서리꽃이 내릴 때까지
얼룩진 땀을 닦아내던 그 여름

드디어 겨울 사랑은
순백의 눈밭을 바라보며
따끈한 군고구마 나누어 먹는
순백의 눈꽃이 되더라

꿈속에서

그대는 누구실까요

어디서 봤더라
한참을 생각하니
오늘처럼 때때로 찾아오는
꿈길에서 만났었네요

고 참!
꿈길이 개방되어 있어
수시로 들락이는 그대를 막으려
빗장을 채울 수도 없어요

어쩌나요
들어오는 꿈길에 비밀번호를
걸어야 하나요

소용없겠지요
오늘 밤은 제가 먼저 그대 꿈길에
찾아가도 놀라지 마세요

어떤 길

나는
더 외롭기로 작정하였다
나는 더 아픈 가시밭길로
꿋꿋하게 걷기로 마음먹었다

모순과 불의에 순응하느니
마음 깊숙이 칼날을 품고
내 뜨거운 피로 그 칼날을

하나하나 잘게 쪼개고 녹여
단단히 잡은 지혜의 채로
위선을 걸러 내리라

오만한 겸손 앞에
어릿광대의 춤으로
교묘한 오류를 들추어 놓고
밑동이 잘린 보리밭을
맨발로 걸어가리라

이슬은 하얗게 내리고
젖은 마음은 따스한 햇살이
넉넉히 보듬어 주리라

위선과 불의가
바른 길 앞에 노랗게 타오르면
발바닥의 가시를 죄다 뽑아 놓고
따뜻하게 품어 힘껏 안아 주리라

청풍 호반 둘레길

어깨 위에 날개를 가뿐히 달았다
나를 데리고 두둥실 나르는 숲길은
설핏설핏한 여유로운 잣나무가
깊고 평온한 질서를 보여준다

외가닥 레일에 앉아 가뿐 오른 비경은
하늘빛 도화지에 내륙의 바다 청풍호와
조각구름을 발 아래 펼쳐 놓았다

지천이 맞닿은 풍광은
클래식 음악의 선율이 흐르듯
유구의 세월을 아득히 보여준다
새들이 합창하는 아름드리나무는
높은 키를 자랑하며 즐비하게 줄을 선다

자드락길이 반기는 호수 둘레는
평화로운 가을을 알록달록 깔아놓고
볼을 스치는 물바람은 사방으로 퍼져
촉촉함으로 가만사뿐 스민다

#명지바람 : 희망, 포옹

도시의 겨울 밤

까만 하늘 별 무리
트리 위에 사붓이 내려앉아
이웃들과 나란히 손잡고 소곤거려요

매운바람 창백한 그늘 싹 밀어내고
희망의 오색 불빛 심장마다 불 밝혀
은하 강 곡선 따라 여울지며 흘러요

사랑의 목도리 칭칭 두른 트리에
천사가 뿌려 놓은 별빛 가루는
캐롤에 묻어 거리마다 쿵쿵 울리고

댕그랑 댕그랑 구세군 성금에
온정의 손길이 퍼져가요

시리기만 할 것 같은 설운꽃도
촘촘히 전해오는 따스한 불빛에 녹고
거리마다 설레는 가로수는
방울방울 보석빛이 아롱지네요

그대 가슴에도 춥지 않게
별꽃 내리는 겨울이면 좋겠어요

가을 속에서

푸른 언덕 넘어온 소슬바람은
혼자 온 것이 아니었다
단풍길마다 코 끝에 번지는
그윽한 솔향을 뿌려 놓았다
해맑은 가을 하늘 아래
이름 모를 새들의 수다는
횡성댐 망향의 동산에도
줄줄이 음표를 물고 와 찍어 놓고
솔가지 흥건한 청태산 솔숲에
아람으로 영글은 굴참나무 모자 입에 물고
달리고 달리는 청설모, 다람쥐
귀여운 애교가 더없이 예쁘다

소금강 출렁다리는 어찌할 줄 모르는
가을 여인들의 자지러지는 웃음이
쪽빛 하늘로 퍼져 나간다

어느 멋진 가을날은
악보에 앉아 음계를 타고
강원도를 돌고 돌아 붉은 뺨에 머물러
흐르는 땀방울 단풍잎으로 말갛게 닦아 준다
일일이 쓰담 이는 이 가을빛은
여백을 빼곡히 채워가며 만추를 보고 있다

가을 소나타

어느 멋진 가을날
알알이 영글어 가는 아람이
고운 빛으로 익어갈 때

해 찬 들녘에 금빛 물결 일렁이고
청명한 하늘도 우윳빛 꽃구름도
명경지수에 풍덩 빠져 버린 날

온 누리에 가을이 수 놓은
더없이 아름다운 소나타 선율 따라

시가 좋고 글을 좋아하는
보석같이 빛나는 문우들과
가을 속으로 시구를 찾아간다

발길 닫는 곳마다
눈길 머문 곳마다
남실대는 가을빛이 담뿍 내리는 날
글 꽃이 되어 시향을 앞치마에 두르고

방그르르 함께하는 함박웃음
애드벌룬에 가득 담아
하늘 높이 날아오른다.

세월의 단풍

해님이 한결같은 사랑으로
마른 가지 돋은 움에
가만가만 입맞춤하더니 잎새가 되었네
가끔 목마른 갈증이 오면
토독토독 빗방울로 목을 축이고
명지 바람 감돌아 손잡아 주었지

생글생글 평온한 날들에 질투라도 하듯
때론 먹구름이 아프게 훼방을 놓고
퍼붓는 소나기에 깜짝깜짝 놀랄지라도
쏟아지는 여름 사랑 담뿍 받아 고운 빛으로 물들었네
다홍의 열정 노란빛 그리움
갈색 추억이 색색이 젖어 오는 것은
흐르는 세월 앞에 더러는 아파도
물들지 않고는 견딜 수 없었을 게다

한 잎 두 잎 단풍 닮은 중년
세월이 입혀 준 곱다란 바바리를 줄줄이 입고
이산 저산 떠밀려 만산홍엽이 되었네
저만치 앞서가는 세월이
꽃잎도 단풍도 데리고 가버리면
허허로운 거리에 덩그러니 서서
너도, 나도 술렁대는 세월에 묻어갈 수밖에 …

등나무 꽃 그늘 아래

보랏빛 향기
조롱조롱 열리는 날이면
도란도란 이야기꽃 피어나고

철없던 햇살 심술부려도
그 따가움 막아주는
보랏빛 맑은 하늘이 좋아라

넉넉한 등나무 꽃그늘 아래
손주 손자 낮잠 자는 모습
살랑살랑 부채질하는
따스한 할머니의 보랏빛 마음

그림 그리는 작은언니
딱지치기하는 오빠
보랏빛 편지지에 나란히 적어 가는
큰언니의 보랏빛 고운 편지

노을빛 따라
보랏빛 사랑도 익어간다

어떻게 살까

불평을 하자면 그 무엇도
내 마음에 들지 않을 것이요
감사를 하자면 그 어떤 것도
감사할 일뿐일 것이다

덮자고 들면
용서 못 할 것도 없을 것이요
따지자고 들면 깨알 같은 먼지도
지나치지 않을 것이다

고운 눈매로 보면
곱지 않을 것이 없을 것이요
미운 눈으로 보면 좋은 것을 찾으려야
찾을 수가 없을 것이다

옳고 그런가를 살피기보다는
담장 위에 우뚝 서 있는 생각을
집안에 둘 것인가 대문 밖으로
밀어낼 것인가 그것이 답이로다

맞다 틀리다를 각도기와 줄자를 들고
법의 잣대로 따지기보다는
사랑으로 볼 것인가 아닌가 그것이 문제로다

소중한 울림

숲을 보라
우람한 나무가 돋보이지만
작은 풀포기, 돌멩이 하나
보드라운 흙까지 숲을 이루는데
자양분을 나누고 있지 않은가

이름 없는 풀꽃도
뿌리와 잎으로 꽃피워 열매 맺듯이
더없이 흐린 작은 별이라도
은하수 강에서 별의 자리를 지키며
도도하게 별 무리로 흐르듯이

낮은 자리 외진 자리라도
소임을 다할 때 아름다운 하모니
톱니바퀴 도는 세상의 소리가 들리지 않더냐

그런즉 이름 없는 꽃이라 해서
별빛이 흐린 작은 별이라 해서
낮은 자리 외진 자리라도
누구도 무시할 수 없는 것은

부족한 미완의 공간을 채움으로
비로소 소중한 울림을 나누는
세상이 되기 때문이다

여름이 익어갈 때

빨간 땀방울이 송골송골 맺힐 때
"얼마나 깊은 단맛을 주시려
태양을 내리쬐는 걸까" 하며
불볕더위도 좋아하는 그대입니다

나리꽃 나팔꽃 찔레꽃 생일날
꽃송이보다 더 밝은 얼굴로
뙤약볕에도 곱게 핀 여름꽃을 좋아하던 그대입니다

긴 겨울 허물을 벗고 드디어 노래하는
양서류가 살맛 나는 여름이라며
풀벌레 소리도 좋아하던 그대입니다

사랑의 광채로 쏟아지던 별빛을 보고
"어느 밤하늘이 이처럼 찬란했었나" 하며
반딧불 따라 은은한 풍금 소리가 들린다며
무척이나 여름밤을 좋아하던 그대입니다

고뇌

내면의 아픔을
꺼내 놓지 못하고
울분을 토하는 서러움은
짓눌린 무게감으로 콜록거린다

고개를 푹 숙이니
오르내리는 신열이
고름 찬 가슴에도 발긋 발긋한
불꽃이 솟아오른다

사방에 어둠이 자욱하고
못다 한 정성은 구멍 난 가슴에
수그린 마음으로 울먹인다

꽃처럼 살아요

활짝 핀 꽃이 예쁘고
탐스러운 꽃이 좋고
향기로운 꽃이 사랑스럽지요

우리 꽃처럼 살아요
성을 내고 보아도 웃어주고
짜증이 나서 보아도 미소 짓고
아파할 때도 말없이 위로하는
그런 향기로운 꽃으로 살아요

우리 꽃잎 같은 말을 해요
말씨 사이사이 꽃씨를 뿌려
고운 말이 자라도록 거름을 주어
말씨에도 꽃송이를 피워보아요

우리 꽃같이 피어있어요
생글생글 밝은 표정 지으며
그늘진 곳이라도 활짝 웃어
음지에서도 온기를 뿜어
활짝 핀 꽃이 되어 보아요

오선 위를 걷다

뒤안길에 서 있는 애잔한 덩어리가
목울대까지 차오르는 날에는
내 안에 뚝뚝 떨어져 내리는
슬픈 단조의 선율이
시구가 되어 백지를 가득 채우면
어느새 평안한 마음이 내 손을 꼭 잡아 주었지요

찬란한 햇살 부서지는 날에는
맑은 음표들이 줄줄이 리듬을 타고
기쁜 장조가 되어 오선지 위에 살포시 앉아 주면
내 속의 나는 밝은 글을 적었어요

소나타 형식을 좇아가듯
때론 빠르게 혹은 느리게
슬프고도 기쁜 일상들이
애상의 그늘로 애증의 강줄기로
내 속의 나를 찾아 오선지 위를 자박자박 걸을 때면
시구도 함께 발 맞추어 걸어 주었지요

제목 : 오선 위를 걷다
시낭송 : 박영애
스마트폰으로 QR 코드를 스캔하면
시낭송을 감상할 수 있습니다.

소소한 일상

그리 특별한
이야기가 없는데도
어둠을 걷어 낸 새벽 같은 날

비빔밥 한 그릇
냉면 한 그릇이
소고기보다도 맛있을 때가 있다

소소한 이야기도
하고 싶고 듣고 싶은 것은
결국 돌아오는 부메랑같이
그 자리에 그 마음이 늘 있었기 때문

다가갈 수도 없고
다가올 수도 없어
오늘이 유린당한다 해도
소소한 일상 차 한잔의 여유

소금과 깨가 깨소금이 되듯
너는 깨 나는 설탕 깨달음은
달콤하고 고소한 오늘 같은 날

내 마음이 서글플 때

땀방울로 오른 높은 산
능선 따라 유랑하는 마음 길
와해되고 상실된 심신을
광활한 대지에 맡긴다

평안을 손에 쥐고
선율에 앉아 눈 감고 귀 열어
더 맑은 하늘에 마음을 띄워도
내 모습이 서글프고 초라해지면
소나무를 등받이하고
두 다리 쭉 펴고 앉아 시를 본다

은은한 등불 밝힌 글밭이
빈 마음 보듬어 감싸줄 때
불어오는 바람이 풀잎에 앉아
오르내리는 미열을 다독인다

여물었던 마음에
서늘한 바람 이는 날이면
톺아보는 뒤안길 흔적마다
가슴으로 피운 뽀오얀 안개꽃
다발 다발 묶어 살포시 놓아 본다

글에게

불현듯 글이 마음에 들어옵니다
유심히 보고 또 보게 되는
글 속에 있는 풍경에 몰래 웃어봅니다

몰래 하는 사랑도 아닌데
아마도 혼자만 좋아하게 될
글 속에 그 향은 무엇일까요

글은 해맑은 미소를 품고
쿵쿵거리며 내 심장을 향해
걸어오는데 너무나 놀란 가슴
멈출 수 없어 찰칵 담았습니다

깊고 넓어 심오하거나
곱살스러운 글도 아닌데
진한 시향이 묻어 있어 멈추어 섭니다

뚝뚝 떨어지는 눈물을
멈추게 하는 글
씩 미소짓게 하는 글
내 마음을 빼앗아 놓았습니다

모래성 사랑

땅 금을 세심하게 긋고
하나하나 담장 쌓아 성을 지었지만
쏴 ~철썩 쏴~ 철썩
심술쟁이 파도 쓸어버린다

툭툭 손바닥 털어 보지만
미련이 발목을 낚아챈다

더 멀어진 바닷가 높은 담장
견고하게 집을 지었으나
순식간에 송두리째 부서진 긴 시간, 태풍이다

무너진 분통이 도전하란다
말을 듣지 않는 저 바다
악착같이 새집을 지었지만
이번에는 쓰나미다

모래성 쌓는 연인들
백지만 허락하는 바다에
허물어지는 사랑 뒤로 추억만 줍는다

불꽃 축제

작은 씨앗이 날아오른다
밤하늘을 가르고 어둠을 뚫고
높이 날아올라
세상에서 가장 화려한 꽃으로
온 힘을 다해 피었다. 흩어진다

캄캄한 어둠을 밝힌 열정의 꽃
뜨겁게 달구어 솟아올라
환희 속에서 놀라게 하고
말끔히 사라지는 저 깔끔함

암흑 속에서도 빛을 내는
저렇게 아름다운 꽃송이는
지구촌 축제의 꽃이라는걸
달님도 별님도 알고 있을까

가장 짧은 순간에 핀 정열의 꽃
심장마다 물들이고 손잡던 퍽 찬 환호
가슴마다 피어 있어 지지 않을 꽃

빈 둥지

모두가 제자리에 반듯하다
남편은 냉장고에 채워질
먹거리를 부족함 없이 챙기고
더없이 나를 사랑한다
사랑스러운 아들 밝은 표정도 밉지 않다

따스한 햇볕은 창을 뚫고
베란다에 빨래를 바싹바싹 말리고
오밀조밀 모인 베란다 화초들은 생글생글 표정 짓고
커피를 내릴 주전자에 물은 보글보글 끓고 있다

포근하게 감싸는 온도
정갈한 소품 아늑한 공간을 두고
하얀 백지 위에 툭툭 떨어지는
굵은 물방울 이유도 까닭도 없다

사치에 빠진 안락과 평안은
저 거친 광야를 달리던 검푸른 새벽을 잊고
만발한 호강을 곁에 두고도
어느새 구슬 같은 눈물방울이
빈 소주잔을 차란차란 채우고 있다

적요 속에 놓인 쓸쓸한 빈 둥지
백지에 채워질 글자들만 나를 빤히 보고 있다

오선 위를 걷다

이민숙 제2시집

2019년 12월 6일 초판 1쇄
2019년 12월 11일 발행
지 은 이 : 이민숙
펴 낸 이 : 김락호
디자인 편집 : 이은희
기 획 : 시사랑음악사랑
연 락 처 : 1899-1341
홈페이지 주소 : www.poemmusic.net
E-Mail : poemarts@hanmail.net

정가 : 10,000원

ISBN : 979-11-6284-162-4